リリ毛

小縞山いう

思潮社

リリ毛

小縞山いう

思潮社

地階から垂れる倒カップ
てのひらの森に喪てのひらに喪
こうしたら波揺らし手　舞えグミ
今　踏み変えられたトーン
倒壊する歪んだネック

（壁面にしっとりと踊り出すループ

そぼ降るなま暖かな情感、と
爾に寄る　擦った毛先は
疎として夜明け前に絡みつく
ラメと緋の胃も域やルも
囁く空洞へ、扇状に耳割いたら
藻束が（ラの音色が）
徐に明滅するかもしれず
ミを詩情より岸辺の砂　褪せるなら

喪も、それにつれ剝かれるだろう
(繋なぐ波と暗室の薬韻、指で譜にキープ

こうしたら捲れる水面、蓮か裾か
、捨て無　襟立てる離
噛むフォント　褸むフォント
トラックの隅に波電を這わすよ、
喪と濡音を滑るとき
歌は配列を見せずに笑った
湿る真空管、
歪む（孕む）てのひらの森、
　　グミ落下す　喪音

(ほどかれた弦の先を爪弾いたろう?
声とリズム重さねて

こうしたら音嚙、ループ透かし
醒めずにまた音階の層
たて縞に干渉したしびれに強く経て
符に繭込める
喪ネガ　刻む、喪ポジ
森に茂るてのひらの六弦（嫌な音だ）
　　　　　　　　、リリ毛

反転させこうしたら滔々
午後　ループから反転させ
仮に鳴らした壊声
リバーブしつつ、
やがて音の粒の刻々は滅つつ

（割れたグミ模すから
　　　（カップから森垂らしてほしい

リリ毛

六月なんて、いらない

蔓延る梅雨を
身に纏います　六月は
　（沈む　雨めが痛いよ
ささくれ立った午後
転寝が脳髄を開いた、
ほら
（街ちが（揺れている　馬まが
揺れて／いま吐いた）　街ちを）
唇を寄せ
舌たで押し開く

と欠伸は、
輝く鉱物となり
目のまえで合成をはじめる

生温い吐息　の雨め、と
ぬたぬたした内臓と
艶光るラズライト
摑んで六月に再び結ぼう
、とするのだが
薄く隣接していたはずの
六月、／と／鉱物、
　（／と／六月、／と／馬ま、）
の柔らかな境界に
雨めは忍び寄り

ひしゃげて　そっと
隙間に沿ってへばり付き
邪魔をする　わたしたちの結合の。

　土ちほどの
湿り気も持たずに
人肌の
温かさも持たずに……
嗚咽したい、鉱物はひとりきりでは
泣けもしないのだ

雨め
　(の幽かな震え、
　　を重ね、馬ま

　　　　街ちの尾が、産道からはみ出ている)
に囁く
このままわたし、
沈みます、鉱物の
叫びが響かないところまで

(青のつぶ　の
　　　反射が映す
　寄る辺ない　この季節)
どうせ、
ひとつになれないのなら
街ちに、(馬まに、)
六月なんて
いらない

日々

むしろその背景にさめざめと
雨めのネはふるものにまぎれて
落ちてゆくのわたしには
めのまえのちかちかとした流れる
渇いてしまった土地が欠けているから
内部のうるおいが邪魔になる
いそいで排泄しようとすると
透明な太陽は内腿のくすんだ痣ざの
描かれた視線のゆくえに
るりのいろが膨張して重なるとき

とほうもなく垂直に雨ネは降る部屋で
ひざを曲げ正座して三面鏡の
わたしの視線のそれぞれに
うつっては消える窓硝子のおくの
家々の記憶の持続が増殖するの
閉じたシャッターのおくにあるタバコ屋の
主人の遺影が置いてある仏壇の
その辺りに立っているひとたちが
こちらを見ているかと思えば
ふたたびめを逸らしたので
まあたらしいランドセルはかびくさい
花瓶に添えられたきくの花なは
干からびたくらげのごとく遺棄された
透明な鞣された腐った水ずに

ひざからしたは痺れてきて
浸食するるりのいろのうすぎたなさが
わたしのだいじな背景を
ふやけてしまう後ろ姿と一緒に
傘をさして立っている
未だ土地は渇いたまま
ちかちかと右耳から反対へ流れては
また戻るを繰りかえしている
行間に隠された太陽まさぐれば
ほうぼうに満ちてゆくひかりの渦ず
タバコ屋のかどを曲がるとき
古ぼけた目抜通りは子どもたちの
笑い声えで喧しかった
それらはやがて大きくなって

タバコ屋の主人の白黒写真を拝む
寡婦の群れへと変わる
押入れに褪せたランドセル
干からびた畳にちらばる
遺棄のにおい
下半身の痺れる持続
語彙はるりいろに
それらの微妙なニュアンス
かつてはそこを存分に濡らして乱れた
くらげの花なみずみずしく
渇いたまなざしの奥深くへと
わたしはそのなかへ溶けてしまう日々

Re：チランジア

伏せたまぶたの奥底に
息きづくチランジアの
ちいさく繁る森りの木々は
夕影の儚さと
迫り来る西日の重みをその背に負いながら
銀緑のからだに朧を孕んだまま
部屋の壁べに凭れている、
なびくうしろ髪みの行方を追っても
幾層もの透明の膜くに包まれ

森りへ迷い込んだあなたはみつからない

いまにも爆ぜてしまいそうな夕日が
自らの体温で境界線を歪ませるときに
滲みだす茜色と
あたりを覆ううす闇みと
古びた調色板に掬い
混ぜあわせ
何度も何度も交合を繰り返してきたその
汚れた場所で産まれたものを
夜る
と名付けて森りへと還した
なめらかな絵筆のさき
木々のあいだをすりぬける風ぜに舞う

うしろ髪みへといつか伝いゆき
湿り気の多いその髪みを泳いで
銀緑を曖昧に滲ませてしまい
あなたの表情も足音も夕暮れも
すべてが濡れてしまって
水彩という匿名の
夜る
だけが　そこに描かれている

つめたくちいさな部屋の壁べに凭れ
佇むチランジアの森り
いつの間にか色ろを失ってしまった西日、
深い森りをさまようあなたの
見上げた空らのさきに

くっきりと尾をひいて流れる
ひと筋じの箒星があり　それは
伸びすぎたわたしの爪めが
玻璃窓の向こう
星しのない闇夜を引っ掻いた跡と
なのかもしれなかった

階段をおりるひとづま

あしもとに茂る植物は踝から
階段をおりるひとづまの
振り返るうなじへと徐々に絡みつく
目抜き通りを見遣りつつ
西日が降りそそぐ夕暮れが
道端の亀裂に沿いやがて
眩しそうに眼を伏し歩く横顔は
力なく嫋やかにしなだれる
ひかりのつぶに濡れて
細く伸びたからだ

ゆき交うひともまばら
そのなかに密そやか充ちゆく官能の
剝げ落ちたトタン屋根の色ろ
アスファルトの焦げたにおい
横切って歩くわたしの影げを覗きこむ
階段に座りこみ休むひとづまの
うなじから垂れる植物の向こうでは
次第にうすむらさきに翳りゆくとき
どこかで鳩時計が鳴っているのだが
彼女には聞こえているそれは
わたしはその仕草に気づかなかった
夕暮れはそのようにやってくる

うすやみに包まれた皮丘のふくらみ
植物の香りが街灯に照らされて
溶けてゆく影げのゆくえ
指びでたどると
やがてゆき着く消失点を過ぎ
喩の残像がゆらゆらしている
葉先の指先をもじらせる絡ませる
を、見ているひとづまの
肩越しに広がる街並みの静けさのなかへ
生温い夜る流しこまれるとき
呼ぶ声えが聞こえるない
振り返るくびすじの植物の傾き
酸漿色のくちびるが灯し火残して
音立てずに過ぎ去ってゆく夕暮れや

階段をおりてゆくひとづまの
残り香や足跡にだらしなく寄りかかり
後ろ姿を抱きかかえる街並みを見つめていた
わたしの視界を覆う植物は踝から絡みつく

unihitus

兆すさない踏鞴ふむ午後の
閉じこめられた遊戯場（バ）
は児はふんだ
あふれる半水に蕩（とろけ）、　指骨は吻すし
ゆきつくさきの液に身を寄しね
石砦、ふりむいたしぐさ
のうちに積み上げたかたいからだ
ゆにひたす
とういてきた夕（ゆの）いろ

濃淡のくさ叢か脚注か
きりはりした児と児の
写したものかげと残り香（いろ）、饐染み
夏つのまんなかにふえんしてしまうことばが
意識のながれないまま
泡わつぶひかり繭ゆのかたちして
反射してはじけるくずし字の鮮ざやかさ

ゆく肌だ単色（しろくろ）の
幾重にも暈さなした指びの
流れるゆくさまを逆（さか）むきにの
しぐさして妙なるわたしはの
屈めた鞴のりらくに児がいんがの
れんさ踏むからゆに吹くかぜがの

ゆきさってしまうと言ったの
吸（スー）ってください
はだの腐乱めくって
こっちのはてへすうって

たどりつくさきの夜に身を寄しね
ふむたたら音（ネ）ただめくる

熱してた呰のけあなから、
うわごと満ちる指び　ゆにひたすされ
かげとぬげたからだは
ずれてなつのかたわらにぬげたせなかへ
多重に挿したら露しぶれる花なはみ

たんたいでひたすら
眼とじないでいる
とうつるのこる香（カ）、兆すさない像ぶれ
ぬるいゆに躊躇ふむ行間にひたしてももう
さいごまでかげの刻（とき）　定着しない

児はからだをすい繭（しろくろ）ゆに塗るらし
そのて
引いてわたしのそっちへおいで

ち毛、うろつくべろに
よじらしてせなかすうに
ひいたおびのように
湿っぽく感じるてでに

なこい紺の空らに湯気は、含み交わるに

ぬれ毛、瓶んづめ石砦に茂るうぶが在る

夏つはすぎるほどける繭ゆ（からだ）に記され漂い

くさいきれのゆにひたす

しろいくろとふやけたレ点とにかくして

排卵（シューゲイザー）

押弦したまま横滑りするように
透明な夜るの街灯から

狂ってゆくのは規則的に半音ずつ
うす暗い朝さの排卵がはじまる

階調を引き下げる電線をたどって
痺れた脳髄の海みに沈みこむ指びは

螺旋を描きながらゆらめく
不協和音のさざなみのうらがわに

横並びで眠る魚じみた旋律群
擦れながらそれは鉄錆びのにおいがする

わたしの夜るを浸してゆく水ず苦しい
揺れる泥ろまみれの音律をまさぐり
伸びすぎた爪めの指びのさきで
暗く深い真空管に潜んでいた夜明けを
灰白く消えかけた月きを
抉りだす指板に反射してひかる
孕んでいるループ?
孕まれた朝焼けの街ちで
ともなく溢れだす濾胞で満たされ
硝子質の冷たく濡れて街灯に映った
よく響くの鳴る爪めとリリ
五線譜に似た路上で
見上げると明けはじめた空らは
陰鬱な層状の色調は半音ずつ狂って

垂れ込める雲ものあい間から
いずれ響きはじめるでしょう
うるさいにぶいひかりノイズ
鉄錆びのにおい脳髄の海みに
だらしなく撓んだ電線をたどって
魚じみた指びがわたしの痺れた指びが

夜行バス

燦燦と降り注いだ夏つの
熱気に汗せばんだ
からだをすこし傾ぐと
鈍色のワンピースの袖口から
流れ出てしまうものがあり
こぼれてしまわぬようにと　慌てて
押さえつけたてのひらが触れた、
そのなまぬるい滴りにはじめて
このからだが小さなふかかい

海みに侵されていると気づかされる

ここから、どこかへゆきたくて
からだのうちがわに広がる海みへと
そっとまぶたを伏せ
息きを止めて、沈み込めば
なにかに縁取られ　濡れてしまったからだは
絶え間ない霧雨に包まれているようで
雨宿りする場所などどこにもないのに、
傘さも持たず　海底（うなぞこ）の停留所
歪んで震える月きを見あげながら
夜行バスを待っていた

遠くに見える車輛のヘッドライト

からだの奥深く泳ぐ
とうめいな水母たちや
伸びすぎた前髪のゆらぎが交互に照らされ
失われてゆく夏つのシネマ
繰り返す季節の面影だけを映し
モノクロームに影げが伸びてゆく

この　たよりないからだの、
どこからが〈わたし〉で
どこまでが〈海み〉なのだろう
風ぜが強く吹くたびに
波間に揺れるワンピースのうらがわは
なま臭い海底（うなぞこ）の匂いに包まれ
よれた襟元から流れ出すその

なまぬるさと不穏さの交わるところに
しゃがみ込んでいた
それがほんとうの感覚かもわからないまま
気づいたら、夜行バス　通り過ぎてしまっていた

停留所で俯くわたしの　濡れたからだに
遠ざかるテールライトが
ぼんやりとほそく　影げを残す……

やがて月夜も冷えはじめ
ながいながい夏つ、
海みと溶けあって
漂う排気ガスのように
このまま消えてしまえば、と願った

莟

抱かれたあとの戸惑う莟が
芽ぐんだ瞬間に落ちてゆくのはわかっていた
淡い恍惚の影げに包まれたまま
わたしはからだを探しながら
紊だれたワンピースを着て
ながい、ながい夜るの硲の
捩れた記憶の襞だに絡みつく
そこに在る廃屋へと
ひらいたくちびるの奥くへと
音ともなく巻きつく刻遍のこれは

いくつかのわたしは指びで月きを象り
わたしが描いた砂なのあなたと
交じれるからだと苦がい砂なのつぶ
重なりあう境界線のふちをなぞる
縺れ崩れ去るかたちのそれは
いずれは朽ちれてしまうとしても
寂しい煙突のさきを滑りゆき
スカートから伸びたふたつの脚しを伝い
枯れてしまうことの抗えないゆえに蒼の鮮ざやかさが
砂時計のくびれを過ぐるとき
翠い香りのほどける廃屋に満ちる
透明なうぶ毛は夜るに戦よいだ
脱ぎ捨てられたワンピースから
したたる夜るが醒めれば咲く花なもあり

あなたのからだを色ろづかせるとき
月きに照らされて艶めく花なびらは
古るぼけた廃屋の肌だの空虚いほどの冷たさ
わたしが生きていた記憶を
砂なのように垂れ落ちながら
そこへ宿してしまうのでしょう、やがて
ながい、ながい夜るに塗れてからだは
流れゆく時きと絡まる蔓るに埋もれてゆく

おやすみなさい

（いつだって　巡る、　惑星だった

盆踊りする村の子等
の古びた浴衣の胸元から
億年前の銀河が
肘を曲げて流れ落ちてゆく
あれは燃えている時空の海
うつくしい音速の欠片
規則正しく揺れる、

しなだれた肉の歪み
(永遠を旅する星たちの歪み)
渦間に産まれる一行の詩篇が
その掠れた濃紺の浴衣の
紫陽花のなかに
皺寄りながら蠢いていた
韻律は草叢に塗れ、
産毛だけが行間、流れてゆきます

あの娘のひび割れた白粉の向こう
透かし見る宇宙に
燃えるような彗星の影が過ぎ
なめらかな頬を滑り消えた

うすむらさきの喩の残像と、
仄かな灯りとが、
　ゆらゆらしている

もうすぐ、提灯のなかへ
群生する浴衣は溶けてゆきます
あれは村の母も、祖母も、遡れば
銀河に漂う一個の細胞の
内臓の記憶も
余さず纏っていた記憶の灯
途切れることなく燃え続けていたい、
　　　　　　　　　　（いられますか？

永遠
まわりながら踊りつづける輪廻

仄かに立ち昇る汗の
しずくが宵闇と
ひとつになる時
見上げた空に
乳白色の河が輝き出した

ひかりの届かない場所で
ソーダ水の泡、
宵闇の裏側へ、弾けて世界を照らす
薄く引いた口紅が
　余韻に触れ　跡を残す
胆礬にコラージュした
三日月を縁取る残光
寝息を立てる村の子等

脱げた浴衣から
立ち昇るもの、あれは
肌を濡らす宇宙塵
間が差して口ずさんでしまった詩篇が
寝息のように
静かに肉から零れ落ちる

(おやすみなさい、惑星たち

刻まれたことばの、
行間に漂う苦い味のように
強く刻まれた詩篇の
残骸
とめどなく循環する記憶の残骸、

真夜中の櫓の残骸、

億年前から届いた深闇の静寂に
埋れ遠ざかる夏と、
雨樋を滴り滲む紅の懺悔は
遠くを泳ぐあの星々の河の流れに似て
悲しみと見紛うほどうつくしい
弛んだ電線に
朝はすこしだけのしかかって
浮き上がった鎖骨をなぞり

放たれゆくひかりの粒が
疲れて眠る子等を包んでゆく……

水景記

吃音の交叉るところ
恥じらうふたつの骨ねと
じとりと湿って霞んでいた
ふる尾星はたちのぼる夜気に
横たわる花嫁の脆殻
そこに記された川わに
張り付いている這う裸体に
脱がすと幼い虫等が内側に
水爬虫飴坊竜蝨
くらがり縫いつける仕草で

棒振やよだれ
耳みもとにはふるえるの
幾つかの細い脚し濡れた柔い感触が唇に
ほどけたら逢いにゆくと約束をする

ゆらりとゆれない
遠いビルの群れ
花束の香り書き綴り
そっと瞬きはここに置いて
なにも見えなくても
灰いしています
あの届かない灯りを頼りにして
わたしたちは水肌を重ねる

進まない針りの時計のほとりに立ち
静かな川わべりにまつ船頭のまなざし
好奇の透けてみえるヴェール
小舟はくらい水面を裂きながら
視界を横切るように記される
うす絹ぬの波紋が及ぶまでには
ひとつの影げ、小舟とわたしたち
川底へ沈んでゆくように
めくらねば花嫁の腐敗のはじまり
めくれば濡れた丑三つのはじまり
漕ぐようにねとりとした粘膜に触れたら
泥闇のなかの唇の驟雨
ふたつの骨ねに絡みつく川わべりの
伸びすぎた羊歯の葉に

長いまつ毛が交叉る吃音と
濡れてうまく韻踏めないの
つたう洋墨から飛びちる残響
どこまでも耳みの奥底へと
わたしを乗せて小舟は進むでしょう
この夜るがほどけないから逢いにゆく

夜るの瘡蓋

夜るの瘡蓋をめくると　不意に
鼻先に忍び寄る微かな湿り気を
弄ぶその、爪めのさき
(三日月みたく鋭利なかがやき)
傷口から溢れ出す夜空にぽっかり浮かんで
だから少しだけ
ここはひかりの射しているせかい
そっと（あなたの）境界をなぞる

無意味という透明を含んで
重ね合わせた縞模様の夜空に
三日月と唇が触れた
そのたびに蠢く傷口のフラクタル
内側からふやけて滲む
空らが涎を垂らす

この
ちいさく濡れた生きものたちの総体を
ぼくたち
（雨めつぶ
と呼ぼうよ、

「雨め」「それは」

「意識がね、流れるところ」
このまま喉どを落ちて、
あなたの内側を伝い、「空らへと」
　　　　しなやかに茹だる夜半の空らへと
身を委ねた
「喉奥と傷口と夜空は唇で繫がっている」
　　　　舌たのさきで静かにたどる

「雨めつぶが、とても
　　　　きれい」
「でも、ぜんぶ砕け散る」

そっと歪んだふりをして
再びここに

反射して映るぼくたちはひかりのしずくを
せかいへ拡散させる装置となる
無意味は次第に意味を帯びて攪拌されて
ぼくたちは夜空の広さを信じない
透明な傷口の内側へと
ゆらぎながら空らを満たしてゆく
やわらかな雨めつぶ
およんでゆく傷口
溶けたらなぞれ　ここから、
月きのひかりを攫う雨めつぶたち、
汚れた傷口をふさいであげる
（あなたの）爪めのさきを
鼻先に擦り付けると
それは三日月　同じ匂いがした

「静かです。　とても
きれいな瘡蓋」

「、　でも、
ぜんぶ流されてしまうね」

廓

ドーナツ状のレンズが煌々と照って
しろいかべにうつった
うしろから見るあなたの背中の曠野に
慎重にピントをあわせると
気づいてこっちの向こうを見つつ
林立する電柱
広角に視線をまき散らす
恥じらうことは大切なことです
のびた枝毛が、 リリの、 がうねる動的な
に付着したこえはさっきの時点から

虹彩が灯りは尾をひいて
細く乾いたのびてランダムゆくわ
その淋しい背中の風景の光画に
廓を建設しよう
かくしたいもの
その電柱
電線のたるんだ
接写
塗りこめたらかべぎわへ
沈んでしまうからだのせん、目で追えば
ふれられないからだのらせん
がわたしに降りつもりって
のびてゆく背中の帰宅路
がまぶたに残るの途上に

わたしがひとり立ちすくんでいるのが見える
それは遠近感を失うような
遠ざからないからだ
へと電柱が沈んでゆくことは
ことばの膨らみが痩せてゆくに似ていて
なぜ背景がモノクロになってゆくのかしら
と思っていましたし
褪せた背骨に沿って豆腐売りは喇叭を
しながら電柱の裏側からあらわれる
それを背負ったあなたは
冬ゆのかさつく肌だを撫でると
影げのあなたの背中の背後にまわって
盗み見た廓
格子戸から夜るの狭間へ

とろけてしまうって罪みに変わることよ
色層と色調と漏電の敷布団
その内部をまなざすことと
しろいかべにからだを重ねるならば
行為としては同格
と廓がささやいた
壁面に擦り付けられて
うわずるリリのなきごえ
荒々しくシャッターオン
ぽっぽ、
だが現実は切り取られたあなたのことばより
露出過多なので定着します
取得者からのぞくからだとからだの配列
冒頭から曠野に林立し続けている

あの電柱はいま思えばわたしだ
ったかもしれないがリリは
枝毛に電線が絡まって
またのびてゆくのさきの
その視線じたいがしろいらたいなので
あえて拡大しました
で接写
かくしたいもの
電柱
うすむらさきのう
背徳の光画に写る
掛布団えお
めくればそこに
こころのあなしろいかべわたしの

ことばでは認識の手ブレは埋められない
そこから羞恥の嵐がまきおこり
素敵な春るのかぜ流れこんできた
だから曠野に廓を増設しよう
そのなかであなたとわたしのかべをせっせと
崩れることだけに没頭すればよいの
喇叭は豆腐売りの悲しみを乗せて
わたしたちは背中に廓を乗せて
ぽっぽ、
じどりる

絵画

「うすむらさきに濡れた
花なびらのなかに
広大な草さむらがあり
草さむらのあちらがわ
佇む少女の指びが風ぜに揺れている
嫋やかに喩の花なびら
毟られて色彩（ペールトーン）滲みはじめる
虚ろさの透明の縫跡へ
少女は爪めをたて

降るはずのない雨めを望み
届かない空らを裂こうとした
あの丘かのはるか彼方
濃灰色の雲もを夢めみる
描かれることのなかった
牛車の錆びた輪の
ギィィと軋む音とも過去へと流され
喩の熱れに霞んでしまった
少女の根もとから経血の鈍びやかに
木製の視界（フレーム）限を湿らせ
草さむらを鉛の匂いに満たしながら
そのなかに色ろづくうすむらさき
花なびらを滑る筆でのゆくえは
風ぜに靡く後ろ髪みを

細く引き伸ばした
ひかりの届かない場所では
それはもはや少女ではあり得ず
やがて近景のぼやけた喩の残像に
花なはいつまでも溺れているのであろう」

寝台列車

そろそろ日付も変わるころ
冷えきった水槽のなかへと
前触れなく流れてくる
いくつもの微塵の子たちは
透明な外気が付着して鈍く輝く
硝子窓を六角形にくもらせた
この列車が過ぎ去るまで
ふかく潜る魚のように身を縮め
踏切を待つひともいて
そのたび凍えたからだを捩らし

こんなに夜るの只中では
横たえた粗末な寝室を満たす
眩しく点滅する信号機のひかりだけが
赤茶け濁った錆びいろの
鉄路の継ぎ目をかすかに照らすので
窓どのくもりをそっと手で拭ってみても
襟巻きでぐるぐるに首びもとを包み
すっかり俯いたままの
目のまえをゆく水槽を眺めていた
そのひとの表情を確かめることはできない

釉流

そこには誰れもいない夜るのうつわのなかで
うすらとほそい眼ひらいた
露ゆにふやけてゆらめく花片はひとり
滴るものをまさぐる指びのゆくえもしらず
青おいらぼゆうよだるまま
夕暮から火かりの途絶えるまでの刻々を
かさねる色ろにじませながら沈んでゆく
ふくまる夜るが静くかたむくとき

沈むしぐさのまるみ映しだされる花片の
うすら濡れた眼のすきまからたれるにおいと
青おいらぼゆうまじわりながら
ほそくながい流れる水ずのような
そのやわらかな首びれすじを戦ぐや滴るの触れごこちに
未だ指びに纏とつく火かりのうつろさが
身をこごめたまま彳む花片のゆくえもしれず
ただそこでかたむく夜るのうつわを満たした

水墨詩

*

纏わりる丑（失シ）三つの玲瓏を
その筆では指びが乱して深黒を散らした
冬ゆの気（ケ）が鳴る街ちへと
濡れ掠れた墨みが致すひと影げは
あちらへと誘うように描かれる
未だ知らぬ道角を折れるよう
その影げにからだの輪郭を委ね
ひき摺られるものの心は

*

暗すぎてよく見えぬ

＊

鯖とら、雉とら、見分けのつかぬまま
追いつくまではそのどちらでもなく
どちらでもある獣の長い尾が揺らぐ
見失ってはならぬ、と焦り
罅（日々）割れた靴底の
急く足音だけがつよく
押しつけ離した毛（ケ）筆の痕（後ト）のように
勢いで路面に爆ぜり
静ける冬ゆの街ちに拡響（ケ）るばかりで
歪んだ団子に似た背姿は
いつの間にか猫かれた藪ぶのあちらへと

＊

いなくなっている

*

*

遺された荒い息きを
吐くものの輪郭やその顚末や表情は
暗すぎてよく見えぬ
指びの筆でに描かれ
纏わりる灰白い粒子の結ばれた配列の
蜃気に揺らぎ路面に降り積もりて
しずしずと筆での染みゆくさまの
やがて、　街ちはひと影げは鳴る気（ケ）は
したたる墨みに塗り潰（消）されるか

*

*

萠芽

そしてやわらかな僻が訪れ
被るしたり、おぼえたての指びが誘うままに
すこしずつこちらへ寄ってくるように
しかし詩は、さらに遠くにある
部屋には硝子壜とほどけた篇帙
重なりあったとうめいは三月の午後へと
散らばってインキがかすかに湿っぽい
頁を開けばとうに融されていた
また染むようにわたしの手浸せば
その余白から和音の奏跡がみちて、つらつら

反転した風景のなかへ
其方へゆこうするの、と綴ります
手繰ってはやかて浮してしまうもの
捨てるように削いでゆくからだへ
刻みつけるものと、られる虚
なんどでもくちびるから記した
腐蝕に溺れろ部屋のかべに
吸うよ、うなじたれる根のゆくすえや
静かにながくのびてゆく三月の午後の影げが
香るインキ　奥付まで滴るさまを
押しつけられたからだと頁のはしをめくったら
わたしはそうしてつのぐむから
かすれた詩篇の跡を濡ることで
くろいのよだれのインキにまみれ

そのたび交わる濁いことばの水域から
堆積する語彙の反転と滲む縦書きの密か
ちいさな硝子壜に含まれたこの部屋の風景や
なんどでも喪失写しとっては
刻んでゆくことばはくちびるから頁へと
そのやわらかなからだに思うあやにく

おぼろ春る

夜るを照らす街路灯が
うすらかに琥珀の朧を落とすころ
伸びた影げの行方を模してあなたは
灰色の舞台(ろめん)に踊りつづけた
あたりにひと気はまるでなく
すきとおるほどの静寂(しじま)に
浮かぶ影げは春るの子夜へ
孵ろうとしてからだから離れようとする

あかりに群れる羽虫たちが静けさを濡らす
そのひとつひとつに
ささやかな一生があるとしても
耳みの奥くに響く　うるさい羽音だけが
わたしたちにとって
羽虫の存在そのものなのであった、
淡くちいさな命もこうして
懸命に踊りつづけている、
あなたはそれには目もくれず
影げの行方だけ　ただ追いかけている、

ぬるい風ぜ　街ちを流れるときには
波みたてる木々の葉擦れの音とにさえ
琥珀の粒子(つぶ)は降り注ぎ

影げのうえ
まとわりつく羽音や　こすれ合う肌だを
染めてしまった

うろめきながら飛び回り
灰色の路面（ろめん）を踊りつづける
あなたの華奢な指びが
頁をめくりあげるようにふるまうと
永遠かと思われた夜るも
端しから次第に色ろを帯びて
真っ白な朝さが
影げを溶かしてゆくのでしょう
うるさい羽音は耳みの奥くの沈黙に

朧となって刻み込まれていたが
むき出しになった舞台（ろめん）には
夥しい数ずの羽虫たちと
動かなくなったあなたの影げの
残像だけが残った、
あたりにひと気はまるでなく
もうなにも　踊りつづけるものはない
街路灯のあかりも眩しさにかき消され
春るは　死骸のようにただ
冷たくて、

濡月

しどけなく雨めの
灯しる月きのうすあかりに
うぶ毛に宿った影げのまま聴いている
届かない部屋の底こで横たわるその
かのじょの尻りはわたしは熱いので
わたしの泥闇が鈍ぶくひかる
単調なスロウコアの波みに
漂う雲ものにおい
深く目を瞑り膝ざを抱えながら
揺れえる声えかさなりゆき

ア片の色ろした
もうじきそれは
かのじょの横顔のうぶ毛をわたしは
指板に群荒る音律を引きずって
さかんにそのベロできれいにふるわす度に
流と時を縫い合わせてしまった
眼球のフィルムの裏側に響びく
うるさい耳朶を浸し
かがみ込むかのじょの
五線譜はしだいに湿らされ
からだにまとわりつくカエルの子
燻らす意識の流れ崩れて
エフェクティブに分裂しつつ
しどけなく降りつづく雨めは螺旋状に

つよくベロでつつくよ意識の皮膜を、
囁くかのじょの尻りのあたりを
それに交わらない泥闇の底こで
伝ってわたしのからだに注がれる
やわらかな指板をなぞってみる
甘いけむりは千切れた雲ものにおい
とうめいなかのじょの意識を覗くと
朝さはこない夜るは、月きも濡れてしまって
単調な雨め、もしくは雨め
譜に茂るうぶ毛が
あらゆるものの気配さえも吸い込んでしまうほど
しなやかに伸びた音価を舐めあげれば
頭の中を湿っぽい月きのひかりが
目を瞑ったままでかのじょの夜るに

部屋は尻りは濡れはじめる
わたしは泥闇は泳ぎつづける

さんが雨（っ）、しが月（っ）

これ以上祖母の背は丸くなるらない
またさんが雨が潰えてしまえば
つぎのしが月は知らぬまに
揺うらぐあの、あらゆる草さいきれより
たちこめる毛がしたその狭い
ものおとひとつしない煤けた部屋の
だからわたしの呼ぶごえに
ふり向いたあなたは
わたしのことを捉えることはないの
もうにどとはふたつの目やみみがなにかを

過ぎるノートの符連なる
想うこともできない
いつも雨音は伝う濃淡く
指びで濡れたままの罫線を
たどってしだいにそれは遠ざかり
わたしは幼いころのことを
描きためた祖母が結いました
ふたつのループする窓どから見える
遠いあそこから
ふり向いたわたしの
うすい日色のような
角度、ひかりいっしょに布団で弾いた
さんが雨のうたをうたうしずく滴れるが
もういなかった祖母の幼い

ころをたどってゆく足音を
布団に篭りながらふたりは聴いていて
古るぼけたノートのうえに雨音はふる
いくつかの草さいきれのなかで
揺うらぐがない、が揺うらいでいるので
生柔らかな短調であなたは
弾くたびに濡れてゆく祖母のうた
その指びで毛がして欲しかった
もうすぐに燃え尽きてしまうまで
重なりあう聴きとりづらい
あなたの教えてくれたナインスコード
うす暗いそらへとけぶりはくねりつづけ
わたしにはずっとゆるく踊るように
しみついて離れられないこの煠けた部屋から

また遠くへつれてゆってしまうね
からだを透かしつつけぶりはさんが雨と
すれ違うしが月をすこし曇らすのなら
それらの交接線であなたはさようなら

海（ウウ）

結いだ襞だ午睡の軋みぎわ
白喰いの冒頭がつつる、
誂えてよ、と滑稽な前えがみの
小さな海（ウウ）はきみは
吐（コエ）と調らべ　奏る
やや折り目に沿うて爪弾（ビ）くよ、
てい寧になめぐる
濡りたいの、唇（ミナモ）にシロップとろりて
したからねばる半球と小々波に見惚（ト）れた

きみは六弦をしずかに震らし
それをぼくは好いていたかって
どうせすぐ連奏の行方は知れないし、
遊離魚（リリギョ）だという短れ唇（ミナ）もとには
気化熱のごと　紡むいでも唄（ウウ）が
羊腸はらんだぼくには届かない波長（コゴエ）で
伸ばした指びのべロのさき
深すぎて見えなくなるまで潜んだ
溺れるはぼくは譜（ウウ）泳ぐこともできずに
奏落ちたらいつのまにやら明るり
また冒頭が白つつる、
ぬるまい海（リウ）が
満ちいたぼくの瓶首（コユビ）で
こう撫でればそう響びくの

と、奏（ウウ）も午睡も朧くなり
指びとベロの離吻（スライド）のあい間に
きみはねばつく手癖で弦解（ト）けば
絡まる襞だに沈んでゆく遊離魚（リリギョ）
ぬめいて聴こえてやがて
ぼくにおよんで、

潜像（ついり）

なぜわたしは没食子酸の
穏やかな海みに溺れて
産道の奥深く
身を屈めて待っていました
あの雲もが連れてくる
水ずのなかの季節に濡れてゆく
苦いネガの
わたしは意志をもたないからだで
栗花落の影げをまさぐると
やわらかなひかりに包まれた

街ちのいちばん深い場所に
凝りながら留まろうとする
孕まれるおまえのまなざし
灰色の真昼の路上には
傘さをさしたわたしと
うるさい沈黙のノイズ
いまゆっくりと
パーフォレーションのあい間から
降りはじめた雨めたち
こぼれ落ちる瞬間が定着されて
動けない
街ちの尾が
フィルムに囚われたからだ
産道からはみ出している

ぼやけた白ろい月きは
しずむことも忘れてしまったまま
なぜわたしは濡れて
波紋をたてる目のうちで
苦い海みのそこから
仰ぎ見たものだけがほんとうの現象として
ざらざらと散らばって艶めく粒子が
浮かびあがるからだを焼き付けたあとの
ノイズやひかりが渦ずとなって灰色の
街ちに沈黙のときを重ねあわせるから
レンズの向こうがわ覗いている
おまえの意志のないまなざしが
くっきりとからだへ転写され
わたしはネガの裏側にじっと息きをひそめ

降りしきるうるさい雨めのなか
傘さをさしたまま佇むだけの
水ずのなかの季節に溺れつづける
六月のあやうい潜像でした

ゆりかご

ゆりかご
ほそくつばさのある指び
の誰れかがわたしの背後から
頁をめくる
軋む行間に　肌だのめくれる
背中に放たれた視線は泳ぎはじめ
すこしだけ
滲むインキの柔らかな匂いのなかに
あらわれるもの、　があり

静謐が、まなざしの向こうから
ゆらり押し寄せるときの
ゆりかご
それはわたしのからだか

誰れかが単調な
旋律を口ずさむように
かわいた唇から
重なり合う層状の
ゆらぎはたなびく
車輪の遠のく音とに連れられ
折りたたまれた物語の背骨に触れたくて
からだはゆれる
景色はゆられる

てのひらに隠し持った
しかくい小さな部屋の
錆びた窓枠を通り過ぎた夏風から
伸びてゆく深さに潜るにはすこし
陽光が層状に重なりすぎてしまっていて
それを支えるいくつかの
指びの皺わが羽ばたく刹那
まぶしさに誰かの背後からつぎの
頁をめくる影げの忍び寄る
ゆりかごのなかには
わたしははじめからいなかったか

空白だけのそこには肌だの
柔らかな感触の思わせる

誰れかのかわいた背後を
ゆらしながら
きえさってゆくものがあり
きしむ歌声に
つばさを羽ばたかせるしぐさで
からだはまためくられるのか

盆日
figment

背の轤にびれる跡と、震えた水流線に嗽するうちにくだるほどとうめいは、産土は」
未明、きみがくれた筆先はつゆ垂れ
禾目だらけの水ずだまりの部屋にゆだる芒気はわたしのからだで継いだらは試しない
まだらに手紙を書いていましたころ
疾巻きながら過ぐ微風にはじかれ脱げた水面が「おもむろに横切る魚をみていたら、
と、いまはこうして階下から聞こえてくるものが
み失う、青銀のいろに染まってしまう、足うらからくるぶし部屋中
それは深瀬をわたる冷たさです」背後までぬめる
うす墨みを舐めては毛先を灯すその所作をたよりにそちらへ帰ります
くちびるると腺体、囁くほどの音量ですこし眠った

伝わらない静けさも、水ずの真白いほとりでみかけた樹木の青葉から漏れだした
ゆるやかに湾曲する文字につれられて来る魚は
めめのなかの水ずだまりへと沃られる陽ざしのゆれ動く部屋でこれを書きながら
いまはこうして階下からこちらへ
しんでゆく線香と湿気を含む午後はどちらもにおわないからだを意味しているので
わたしが歩いてくるその足音だけがこちらへと
好きな赤飯でも炊いておこうか、帰ってくるきみがわたしのこえに重なって剥がれてゆく鱗
ちいさく響くだけの
ただいま、というその文字がすっかり耳元で泳ぎはじめた
灼けてしまった畳に落ちている
「送ってくれた手紙のはしがまだ濡れているを大切に待っています
そこにあるきみの体毛のさきから
つづられている乱筆のあい間を縫う魚を摑もうとして遠いところへと
白らひげの花なの汚れたり咲いたりすることは

宵闇が洋燈を照らすしてふたりは「水面から土ちへ、　夜るに耽るなどすべてを

わたしが再びめめさますと

おかえりなさい、と言ってこちらを振りかえらず尾が濡れ合っていった

虚ろくなってしまったあとになるでしょう

目次

カバー作品＝鈴木いづみ

リリ毛（げ）

著者
小縞山（こしまやま）いう
発行者
小田久郎
発行所
株式会社思潮社
〒一六二―〇八四二　東京都新宿区市谷砂土原町三―十五
電話〇三（三二六七）八一五三（営業）・八一四一（編集）
FAX〇三（三二六七）八一四二
印刷・製本所
三報社印刷株式会社
発行日
二〇一八年十一月二十五日